THE JUNGLE BOOK : MOWGLI'S STORY

森林王子

魯德亞德・吉卜林 Rudyard Kipling ／著　羅伯英潘 Robert Ingpen ／繪

柯清心／譯

森林王子
The Jungle Book: Mowgli's Story

作者｜魯德亞德·吉卜林 Rudyard Kipling
繪者｜羅伯英潘 Robert Ingpen
縮寫｜茱莉葉·史丹利 Juliet Stanley
譯者｜柯清心

社　　長｜馮季眉
編輯總監｜周惠玲
責任編輯｜李晨豪
編　　輯｜戴鈺娟
美術設計｜蔚藍鯨

出　　版｜字畝文化
發　　行｜遠足文化事業股份有限公司
地　　址｜231 新北市新店區民權路108-2號9樓
電　　話｜(02)2218-1417
傳　　真｜(02)8667-1065
電子信箱｜service@bookrep.com.tw
網　　址｜www.bookrep.com.tw
郵撥帳號｜19504465 遠足文化事業股份有限公司
客服專線｜0800-221-029

讀書共和國出版集團
社　　長｜郭重興
發行人兼出版總監｜曾大福
印務經理｜黃禮賢
印務主任｜李孟儒
法律顧問｜華洋法律事務所　蘇文生律師
印　　製｜中原造像股份有限公司

2020年6月　初版一刷
定　　價｜400元
書　　號｜XBTH0055
ISBN 978-986-5505-22-6

國家圖書館出版品預行編目(CIP)資料

森林王子 / 魯德亞德·吉卜林(Rudyard Kipling)
作；羅伯英潘(Robert Ingpen)繪；茱莉葉·史丹利
(Juliet Stanley)縮寫；柯清心譯. -- 初版. -- 新北市：
字畝文化出版：遠足文化發行, 2020.06
　　面；　公分
譯自：The jungle book : Mowgli's story
ISBN 978-986-5505-22-6 (精裝)

873.596　　　　　　　　　　　　　109006129

特別聲明：有關本書中的言論內容，不代表本公司／出版集團
之立場與意見，文責由作者自行承擔。

目錄

1

毛克利的兄弟

暖熱的夜裡，狼爸爸在七點鐘醒來，「又該去獵食了。」他說。狼媽媽抽著一隻耳朵答道：「等一下，有個東西往山坡上來了。」

樹叢裡沙沙作響，一名光溜溜、還不太會走路的寶寶，突然跟蹌的踏入他們的狼穴。孩子抬眼望著狼爸爸的臉，哈哈笑了起來，接著他從小狼之間擠過來，朝狼媽媽挨近。

「好小啊！光溜溜的，而且——他好勇敢！」狼媽媽輕聲說道。

穴口的月光忽的一下被遮住了，老虎謝克汗的大頭探入狼穴。

「有個人類小孩往這邊來了，」他說，「把他交給我。」

「我們並不聽命於你。」狼爸爸低吼說。謝克汗如雷般的咆哮聲充斥整個洞穴。狼媽媽往前一躍，一對眼眸有如黑暗中的兩顆綠月。「孩子是我的！不許你殺他。孩子會活下去，跟著狼群一起奔跑、狩獵！你給我滾！」

謝克汗低吼著從洞口退開，狼媽媽喘著氣，撲到孩子們中間。

「我就叫你毛克利吧！總有一天，你將獵殺謝克汗，就像他曾追獵過你。」狼媽媽用鼻子輕蹭著男孩說。

「可是其他狼群的夥伴會怎麼說？」狼爸爸問。

狼族開會當晚，狼爸爸和狼媽媽帶著毛克利和他們的小狼來到評議石。狼群之首——狼王阿克拉看著狼爸爸把毛克利跟其他小狼一起帶到狼群中央，毛克利坐在那兒樂呵呵的笑著，在月光下把玩圓石子。岩石後方傳來一記悶吼，謝克汗齜牙咆哮說：「那小鬼是我的，把他交給我。」

「誰來代替這孩子發言？」阿克拉問。負責教導小狼學習叢林法則的大熊巴魯站了出來。

「我來代替這個人類小孩發言吧。」他打著呵欠說，「人類小孩又造不了亂，讓他跟狼群一同奔跑吧，我會親自調教他。」

此時，一道黑影落到圍起的狼群之間，是黑豹巴西拉。

所有人都認識巴西拉，沒有人敢惹他，因為巴西拉跟豺狼塔巴奇一樣狡猾。他勇健如野牛，而且跟受了傷的大象一樣危險，偏偏聲音卻輕如樹上滴落的野蜜，甚至比羽毛更加柔軟。

「阿克拉，」他柔聲呼嚕嚕的說，「叢林法則有規定，可以付出代價買下幼獸的生命。」

「好啊！好耶！」年輕的狼群紛紛叫好，他們老是沒吃飽。「聽巴西拉一言，按規定，人孩可以用買的。」

「各位若能接受這隻人孩，讓他加入狼群，我將為你們送上一頭肥美鮮殺的公牛。」巴西拉接著說。

狼群們議論紛紛、嘈嘈嚷嚷。「我們接不接受他，有關係嗎？」「等到冬季開始下雨時，他就死定了。」「他會被太陽烤死。」「一個光不溜丟的

小孩，能對我們造成什麼傷害？」「讓他跟大家一起奔跑吧。」「公牛在哪呀，巴西拉？」「接受他吧。」

在阿克拉要求之下，群狼輪番走過來看毛克利。這孩子仍興味盎然的玩著圓石，沒注意到狼群已聚攏在他身邊了。最後大夥終於全數同意，讓毛克利加入狼群，然後大夥走下山丘，飽食一頓公牛大餐。

狼群不肯交出毛克利，謝克汗氣得咆哮。

「盡量吼吧。」巴西拉髭鬚張揚的說，「因為總有一天，這孩子會擊敗你。」

「人類和他們的孩子非常聰明，」阿克拉說，「或許有一天，這隻人孩能派得上用場。」因為每個狼群的每位領袖，都會有不再強壯的時候。「好好的訓練他吧。」他告訴狼爸爸。

「沒錯。或許將來在你有需要的時候，他能幫上大忙，因為沒有誰能千秋萬世的帶領狼群。」巴西拉說。

就這樣，在巴魯和巴西拉的協助下，毛克利在狼群中待下來了。

時間匆匆，十年，甚至十一年，轉眼即過，請讀者想像毛克利跟著小狼，一起在叢林裡長大，歷經的所有美妙探險。當然了，他們在毛克利從寶寶

長為孩童之前，便已經長成大狼了。狼爸爸和巴魯教導毛克利叢林裡的一切，毛克利能分辨草地裡的每個聲響，暖夜中的每道氣息，頭頂上每記貓頭鷹的叫聲，蝙蝠棲枝時爪子刮出的聲音，以及每隻小魚在池中騰跳的水花聲。

不用學東學西的時候，毛克利坐在陽光下睡覺、吃東西，然後再次入睡。當他口渴或熱了，就到叢林的池塘裡游泳。想吃蜂蜜，巴西拉會教他如何爬到樹上，從蜂窩摘取蜜汁。黑豹會躺在樹枝上喊道：「來呀，小兄弟。」一開始，毛克利像隻樹懶似的緊攀住樹枝，但不久後，他已能像猿猴般大膽的在樹枝間穿梭擺盪了。

他在評議石上也有了自己的位置。毛克利發現，狼群聚會時，他若緊盯住某隻狼，那匹狼便會被迫垂低眼神。所以，他老愛盯著狼兄弟取樂。有時候，他會幫狼友們拔出腳掌裡的刺。沒有什麼比腳掌裡的刺，更讓狼頭疼了。

夜裡，毛克利會走下山坡，到田野去看看住在小屋裡的村民。但毛克利並不信任人類，因為巴西拉帶他看過一個人類藏設在叢林裡的狡猾陷阱，巴西拉差點就踩中了。

毛克利最愛做的，莫過於跟巴西拉一起走在漆黑溫暖的叢林裡，在白天昏睡鎮日，然後看巴西拉如何在夜間狩獵。

「你可以獵取叢林裡的任何東西，你已經強壯到可以獵殺了。」巴西拉說，「但看在我為了買下你，而殺掉的那頭公牛分上，你絕不能吃任何牛肉，那是叢林的法則。」毛克利嚴守著這條規定。

不過，毛克利也不是學什麼都牢記心裡，狼媽媽就經常耳提面命，叫毛克利不可輕信謝克汗。還有，將來有一天，毛克利得跟他對抗。若是一匹年輕的狼，必會牢記狼媽媽的話，但毛克利卻左耳進、右耳出，因為他只是個小男孩。

隨著阿克拉年紀漸老，毛克利常常不期而遇的看見謝克汗，因為老虎跟狼群中年紀較輕的狼交上了朋友，他們尾隨老虎，跟著吃些殘肉。謝克汗會吹捧他們，問他們說，像他們這樣優秀年輕的獵者，為何甘於接受一隻垂死的老狼和一名人孩的領導。

巴西拉也經常警告毛克利說，謝克汗絕不會善罷甘休，一定會想辦法置毛克利於死地，因為老虎憎恨所有的人類。毛克利聽了便哈哈一笑說：「我有狼群、有你和巴魯撐腰，有什麼好怕的？」

有天下午，他們在叢林中央，毛克利躺著把頭枕在巴西拉身上，睿智的黑豹試圖再次讓毛克利明白自己的苦心。

「小兄弟，」巴西拉說，「我跟你講過多少回，謝克汗是你的敵人啊？」

「多到跟那棵棕櫚樹上的果子一樣多。」毛克利說，「怎麼了？巴西拉，我好睏。謝克汗不就是尾巴長、愛吹噓，跟孔雀阿莫一樣。」

「現在不是睡覺的時候，毛克利。巴魯知道，我知道，狼群知道，連傻兮兮的鹿都知道。豺狼塔巴奇也都跟你說過了。」

「哈！哈！」毛克利說，「不久前，塔巴奇才跑來跟我說了一些超沒禮貌的話，他罵我是渾身沒毛的人孩，沒資格挖山核桃。所以，我就抓住他的尾巴，掄起他去撞棕櫚樹，教訓他要有禮貌。」

「你太傻了，毛克利。塔巴奇雖然無禮，但他總是把叢林裡任何會影響你的事，對你實話實說。小兄弟，眼睛放亮點吧，謝克汗目前還不敢在叢林裡殺你，但情勢會變的。」

一個極為暖熱的日子裡，巴西拉說了：「小兄弟，謝克汗跟很多年輕的狼隻說，人孩不該待在狼群裡，而且阿克拉逐漸老邁，不久便再也無法擔任狼群的頭兒了。」

「可是，我幫狼群裡的每匹狼都拔過掌裡的刺，他們就是我的兄弟！」

巴西拉大大伸著懶腰，眼睛半閉的說：「老弟啊，你摸摸我的下巴底

下。」

毛克利把矯健的手探到巴西拉絲滑的下巴底下，黑豹明顯的粗壯肌肉就藏在柔亮的絨毛下。毛克利摸到了一小片禿疤。

「叢林裡沒有人知道，我，巴西拉，身上有戴過項圈的疤痕。小兄弟，事實上，我是在人類世界出生的。所以，我才會在你還是個光屁股的小人孩時，把你買下。有天晚上，我弄壞囚禁我的籠子，回到了叢林。就像我回到屬於我的叢林一樣，將來有一天，你也會回到人群中。去吧，去村子裡人類的小屋中取些火來，萬一狼群跟你反目，火可以幫助你。人類很懂得用火，但其他動物都很懼怕火。」

毛克利下山往村子走去時，聽到狼群狩獵時的呼嚎。

「阿克拉！阿克拉！」年輕狼群呼道，「讓阿克拉展現他的力氣，跳啊，阿克拉！」

阿克拉一定是躍起來，但沒撲中獵物，因為毛克利聽到他緊咬牙齒，接著發出被踹中的悲鳴。

毛克利馬不停蹄，沒再繼續等著聽更多聲音。他竄過層層矮叢、朝下直衝，來到山谷底處的溪流。毛克利沿溪疾馳，奔進田野裡。狼嚎聲漸遠漸淡。

「巴西拉說的對，」他喘著氣，藏身小屋一側，「明天對阿克拉和我來說，是個大日子。」

第二天早晨，毛克利帶回滿滿一盆，裝著紅通通木塊餘火的盆子，這是他從村子燒飯的火堆裡取來的。巴西拉正在等他。

「阿克拉失勢了，」他說，「狼群今晚要在評議石開會。」

那一整天，毛克利都坐在狼穴裡往火盆裡添樹枝，讓火焰持續不滅。到了晚上，豺狼塔巴奇來到狼穴，劈頭就叫毛克利去評議石，說大家在找他。毛克利哈哈大笑，直至塔巴奇跑掉。毛克利帶著火盆來到評議石。

阿克拉躺在岩石一側，那表示他已經不再是狼群的頭兒了。謝克汗得意

洋洋的來回踱步，後頭跟著年輕的狼群。巴西拉低伏在毛克利身邊，火盆就放在毛克利腳下。

　　待所有狼群聚集起來，謝克汗吼道：「把人孩交出來，否則老子就在這裡大開殺戒獵食，而且連根骨頭都不賞給你們！」

　　接著，超過半數的狼群喊道：「人類關我們什麼事？讓他回自己的地方去吧。」

　　「然後讓所有村裡的人來對付我們嗎？」謝克汗咆哮道，「不行！把他交給我，他是人類，我們沒有一個能跟他對得上眼。」

　　阿克拉再次抬起頭說：「人孩跟著我們一起吃飯、睡覺、打獵，他從來不曾違反叢林的法則，他是我們的兄弟。」

　　「他是人類，人類，人類啊！」狼群低吼著，漸漸聚集在謝克汗身邊，老虎的尾巴開始抽動。

　　毛克利雙手抱著火盆站了起來，他伸展雙臂，在群獸面前十分放鬆的打起呵欠。然而，毛克利心中卻滿是忿怒與悲傷。狼群從不曾告訴他，他們有多痛恨他。

　　「聽好了！」毛克利大喊，「各位不必大聲喧鬧，今晚你們已經一再提

醒我，我是人類了（雖然我至死都願意以狼的身分與各位同在），我知道你們說的是真心話。我會離開各位，加入自己的族群——如果他們真的是我的族群的話。叢林不要我了，我會忘記各位說過的話與陪伴，但我不會像你們背叛我一樣的背叛各位。我們狼群裡，絕不允許彼此爭鬥，阿克拉將平和的結束他的統領！」

他用腳踢飛火盆，火花隨之飛散。

「兄弟們，」他喊道，「我們狼群由誰領導，關老虎什麼事？」接著，他從火盆裡抽出一根點燃的樹枝，朝老虎的頭部揮下。

「滾！」他朝謝克汗大吼，掄起火枝揮繞，狼群被火星燒著皮毛，吃痛的哀號著四下奔散。

最後，毛克利身邊只剩下阿克拉、巴西拉，和少數幾頭忠心不二的狼了。這時，毛克利才開始傷心起來，彷彿這輩子從不曾被傷害過。他喘口氣，開始抽泣，淚水自他臉上滑落。

「這是什麼？是什麼？」他問，「我並不想離開叢林，我不知道這是什麼，我快死了嗎，巴西拉？」

「不是的，小兄弟，那只是人類的眼淚，讓它們落下吧。」

「我現在就去人類那兒。」毛克利邊哭邊說，「但我得先去跟我媽媽道別。」說完，毛克利來到他跟家人同住的洞穴，依在媽媽的皮毛上放聲痛哭，其他四隻小狼也跟著哭嚎。

「你們不會忘記我吧？」毛克利問。

「絕對不會。」小狼們說，「等你長大後，到山腳下，我們會跟你說話，而且我們會在夜裡，到田野中陪你玩。」

「快點回來！」狼媽媽和狼爸爸說，「因為我們愈來愈老了。」

「我會的。」毛克利說，「等我回來時，就是我把謝克汗的毛皮鋪在評議石上的時候。別把我忘了！告訴叢林裡的夥伴們，絕對不可以把我忘記！」

天甫破曉，毛克利獨自走下山坡，去見那些被稱為「人類」的神祕動物。

狼群獵歌

太陽升起，我看見一頭鹿——

一次，兩次，又一次！

一頭雄鹿自森林小溪邊抬起頭，

一頭母鹿自隱匿處一躍而起。

我獨自追獵，盯著他們出現——

一次，兩次，又一次！

太陽升起，我看見一頭鹿——

一次，兩次，又一次！

一匹狼也見著了，他奔向他的狼群

狼群嗅著空氣，跟隨鹿隻的蹤跡。

他們一起狩獵，無懼的撲擊——

一次，兩次，又一次！

太陽落下，我看見一匹狼——

一次，兩次，又一次！

他穿過叢林，不留一絲痕跡

他那月光石般的眼眸，能於黑暗中視物！

那晚深夜，我聽見一匹狼的呼嚎——

一聲，兩聲，又一聲！

2
卡亞的狩獵

　　這故事發生在毛克利離開狼群之前，當時巴魯正在教他叢林法則。身為人類小孩，毛克利需要學習的東西，遠比他的狼兄弟要多。他得學會如何辨識腐爛的樹枝，如何客氣的跟野蜂說話。他學會了在中午打擾到蝙蝠曼格時，該說什麼，以及如何先警告水蛇，再嘩啦啦的走入池塘裡。

　　「人類小孩一定得學會所有的叢林法則，」巴魯告訴巴西拉說。那天，毛克利重複說了上百遍相同的話，累得要死，發了一頓脾氣便跑走了。「我在教他叢林裡最重要的敬語，這樣才能請所有的動物保護他。」巴魯說。

　　「嗯，是哪幾句？我比較可能去幫人家忙，而不是跟人求助。」巴西拉欣賞著自己的利爪說，「但我還是很想知道。」

　　「毛克利自會告訴你。來吧，小兄弟！」

　　「我到這兒是來找巴西拉的，不是你，老胖子巴魯！」毛克利一邊說著，一邊滑下樹幹。他向巴西拉展示，他知道對所有猛獸說的敬語，包括

對鳥和蛇說的。然後，他跳到巴西拉背上，朝巴魯做出各種能想得到的醜鬼臉。

「將來我會有自己的族群，我會領著他們整天在樹枝間遊盪，然後朝巴魯扔泥土。」毛克利哈哈笑說。

「你跟猴群談過話了？」巴魯低吼說。

毛克利望向巴西拉，想看他是否也生氣了。黑豹的眼神冷硬如玉。

毛克利說：「剛剛我跑開時，猴群從樹上跑下來對我表示同情，他們說，我是他們的血親，將來應該當他們的領袖。」

「他們沒有領袖，」巴西拉說，「猴群撒謊，他們向來愛說謊。」

「他們很善良，我還會跟他們一起玩。」毛克利說。

「聽好了，孩子。」巴魯說，「猴群無法無天，他們裝得自己很高尚，可是只要天上掉下一顆堅果，他們就又鬧又跳，什麼都忘了。我們不在猴群喝水的地方飲水，我們不去他們去的地方，不在他們狩獵之處打獵，因為他們會朝我們頭上扔堅果和髒東西。」

巴魯沒有半句話冤枉猴群，猴群不跟叢林裡的動物來往，可是，當他們發現有動物生病時，便會朝他扔棍子和堅果，然後高呼尖叫的挑釁，要叢林裡的動物跟他們打架。所以，猴群聽說毛克利跑去跟他們玩，巴魯因此大發雷霆時，開心得不得了。

他們覺得，若把毛克利留在族群裡，也許很有用，因為毛克利可以教他們新鮮的事物。他們從樹上觀察他一陣子了，認為毛克利的各種遊戲極有意思。猴群說，這回他們真的可以有位領袖，並成為叢林裡最聰明的族群了。

於是，他們不動聲色的跟隨巴魯、巴西拉和毛克利穿過叢林，等著他們睡午覺的時間到來。毛克利對於自己跟猴群玩一事，深感慚愧。他睡在黑豹和大熊之間，下定決心再也不跟猴子玩了。接著，他只記得自己的手腳被抓住——然後從搖晃的樹枝間，往下看著巴魯咆哮的吼醒整個叢林，巴西拉則露出他的每根利齒，拼命往樹幹上攀。

兩隻最壯的猴子扛著毛克利穿越樹頂，毛克利雖暈頭轉向，卻覺得這種疾馳特別好玩。有時，他看到浩瀚靜謐的翠綠叢林，接著臉上又唰的擦過樹葉。猴群喳喳呼呼的帶著毛克利這個被擄走的囚徒，在林木間迅速飛盪。

　　一開始，毛克利好怕會被他們扔下去。接著，他開始感到忿怒，並且想到，他的朋友遠遠落在後方，他低頭尋找救援根本毫無用處。於是，毛克利抬起頭，看到守護叢林的飛鳶奇爾。奇爾看到猴群扛著某個東西，便飛降而下，看是不是吃的東西。毛克利對他發出求救時，奇爾高嘯一聲，毛克利被樹枝遮住時，奇爾依然緊盯不放。

　　「跟著我。」毛克利喊道，「然後告訴巴魯和巴西拉，我在哪裡。」

　　「你叫什麼名字，兄弟？」奇爾問。

　　「毛克利！」

　　奇爾點點頭，飛升竄入藍天，在空中監視並等候。

　　巴魯和巴西拉很快發現，他們根本追不上猴群，他們需要擬定出更穩妥的計畫。

　　「巨蛇卡亞跟猴子一樣擅長攀爬，」巴魯說，「他是個殺人於無聲的獵手，只要低聲喊他的名字，便足以讓猴群嚇得發抖了。我們去求他幫忙。」

　　他們找到伸攤在午後陽光下的巨蛇，卡亞正舔著嘴，煩惱著下一頓要吃什麼。

　　「他還沒進食。」巴魯看到巨蛇時，鬆口氣說。

　　「你在這裡做什麼，巴魯？」卡亞問。

　　「噢，我們只是在打獵。」巴魯故作輕鬆的說。

　　「我能跟你們去嗎？」卡亞問，「你們在追誰？」

　　「猴群。」巴魯答道。

　　「能動員你們兩位狩獵高手去追猴群，事情一定不尋常。」卡亞說，心中止不住的好奇。

　　「問題是，卡亞，那些偷堅果的小偷盜走了我們的人孩，而他是最棒的人類小孩，我們非常愛他。」巴魯抽著鼻子說。

　　「叢林裡的動物都知道，猴群只怕卡亞。」巴西拉說。

「那些笨猴子有十足的理由懼怕我，」卡亞說，「但人類的小孩落到他們手裡，並不安全。猴群玩膩了採來的堅果，便會往下扔。全世界沒有人能預料他們會對毛克利做什麼。好了，他們把人孩帶去哪裡了？」

「上面，上面！上面，上面！抬頭看哪，狼群的巴魯！」

巴魯抬頭看到飛鳶奇爾朝他們俯衝而下。

「怎麼了？」他問。

「毛克利跟猴群在一起，他要我告訴你，他們要帶他越過河流去猴子城。我已經交代蝙蝠徹夜監視。我要傳的話說完了，祝各位狩獵順利！」

「也祝你狩獵順利、睡得香甜，奇爾。」巴西拉朗聲說，「下次我打獵時會想到你，幫你留些吃的！」

「小事一件。那孩子對我講了敬語，我必須幫他！」奇爾說罷，朝他的棲枝盤旋而上。巴魯驕傲的咧嘴笑著。

猴群壓根沒把毛克利的朋友放在心上，他們把男孩帶到失落之城，得意的不得了。毛克利從未見過城市，這座城雖然已是廢墟，但感覺神奇而壯觀。

在山丘頂上是一座沒了屋頂的大城堡，猴群喜歡在城堡的花園裡戲耍，

他們會搖撼玫瑰樹和橙子樹，看花朵與果實掉落。樹木穿破城牆向外長，野生蔓藤一叢叢的從高塔窗口往外垂。庭院地板的鵝卵石被撐擠起來，硬生生被雜草和樹苗分開。猴群在城堡裡所有通道、幽暗的隧道和數百個漆黑的小房間裡探索，但他們從不記得自己看過什麼。

傍晚時分，猴群把毛克利拖進傾毀的城堡裡，他們不像毛克利在長途跋涉後會先睡個覺，反而四處跳舞，唱些亂七八糟的歌。

毛克利表示肚子餓了，二三十隻猴子跑去幫他找堅果和水果，然後他們開始打架，就忘記帶食物回來了。

「巴魯說的一切都是真的。」毛克利心想，「猴群根本無法可管，也沒有領袖，我得回家了。」

可是，當毛克利想離開時，猴群又把他拉回來，吹噓他們有多麼偉大、睿智、強壯、溫柔，毛克利離開他們實在是太不智了，毛克利聽了忍不住哈哈大笑。「我們是叢林裡最棒的！我們大夥都這麼說，所以一定是真的。」他們喊道。

「如果那片朝著月亮飄過去的雲朵夠大就好了，」毛克利尋思，「我就能趁黑逃走。」

　　巴西拉和卡亞就在城牆外盯著同一片雲，突然間，雲朵遮去月亮，毛克利聽到巴西拉踩在地上的輕柔腳步。巴西拉左擊右敲，擊退坐在毛克利四周的猴子。接著，他絆了一下，有隻猴子大聲喊說：「對方只有一個！宰了他！」

　　一大群猴子逼近巴西拉，另外五六隻則將毛克利拖進牆洞，推到牆的另一邊。

　　「待在那邊別亂動，」猴群喊說，「等我們宰掉你的朋友後，再跟你玩──如果你沒被蛇群咬死的話。」

　　毛克利看到四周環繞著眼鏡蛇，立即對蛇說出敬語，然後盡可能安靜的站著，聆聽巴西拉為自己搏命。

　　「巴魯一定就在附近，巴西拉絕不會單獨前來。」毛克利心想。於是他大吼：「巴西拉！滾向水池，潛入水裡！」巴西拉聽到毛克利的喊聲，士氣大振。他慢慢靠近水池，然後噗通跳進去。

　　聽到水花聲，毛克利知道巴西拉已經一路殺進水池了，猴子們不敢跟進。巴西拉躺在水裡，只把頭伸出水面喘氣，猴群氣呼呼的跳腳，接著他聽到巴魯高呼戰嚎。

　　「巴西拉，」巴魯咆哮道，「老子來啦！」接著，他鑽入一波波的猴群底下。

卡亞剛剛爬過城牆，打鬧之聲撼醒了方圓數英哩的叢林，卡亞在一片混亂中，準備大開殺戒。

猴群最怕叢林裡的巨蟒了，他們四下逃竄，奔往牆上和房舍屋頂。巴魯深深吸口氣，放鬆下來。

接著，卡亞首次張大嘴，發出嘶聲。一陣寂靜之後，毛克利聽出巴西拉正甩掉毛皮上的水滴。

「把人孩從陷阱中救出來，我們快走。」巴西拉喘道。

卡亞將毛克利從洞裡救出來，毛克利朝巴魯和巴西拉中間一撲——兩手各抱住一豹一熊的粗頸。

「你有受傷嗎？」巴魯輕輕抱住他說。

「我又餓又有瘀傷，可是……唉呀，他們弄傷你了！你在流血！」

「沒事，只要你安全就好了！」巴魯哼說。

「你欠卡亞救命之恩，毛克利。」巴西拉冷冷的說，毛克利不是很喜歡他的語氣。

「謝謝你，卡亞。如果你餓了，我獵到的東西就是你的。」毛克利說。

「謝了，小兄弟。」卡亞說，眼中閃閃發亮。

月亮落入山丘之後，渾身發顫的猴群簇擁在城牆上。卡亞滑到國王的皇宮中央，將下顎啪的合上，所有猴子循聲往他望去。

「現在卡亞的飢餓之舞要開始了，各位坐好，仔細看。」說罷，卡亞繞成一個大圓圈，左右擺動頭部。接著，他開始用身體纏圈，畫著八字，然後拐繞成三角形，再變成四方形及五邊形，最後蜷疊起來。他低沈的聲音悠然綿長，哼唱從不歇止。夜色愈來愈深，最後蜷身的卡亞沒入黑暗裡，但仍能聽到他的鱗片沙沙作響。巴魯和巴西拉定立如石、發著低吼，頸毛豎立。毛克利在一旁不解的觀看。「猴子們，」卡亞終於說道，「你們能動嗎？」

「除非你叫我們動，卡亞！」

「很好！走近一點。」

猴群無助的朝前晃去，巴魯和巴西拉也跟著僵硬的踏前一步。

「再走近點！」卡亞嘶聲說，大夥全又往前走。

毛克利把手搭到巴魯和巴西拉身上，將他們攔住，兩頭被催眠的巨獸如夢初醒般的驚跳了一下。

「繼續用手搭住我的肩膀，」巴西拉悄聲說，「否則我又會折回卡亞那兒了。」

「老卡亞不過是在沙地上繞圈子而已。」毛克利說，「我們走吧！」說完，他們三個便從牆上的裂口溜走。

「哼！」等又回到樹林後，巴魯說道，「我再也不會相信卡亞了。」他渾身抖了抖。

「他懂的比我們多。」巴西拉打顫著說，「我若是留下來，一定也會往他的喉頭走去。」

「我不懂，」毛克利笑說，「我只看到一條大蛇亂七八糟的繞圈子，一直繞到天黑。」

「毛克利，」巴西拉憤憤表示，「這一點都不好笑，我們兩個受這麼重的傷——巴魯的鼻子、脖子和肩膀因為你而痠疼無比。我的耳朵、身側和爪子也因為你，都被咬傷了。我們兩個都會有很多天沒辦法好好享受打獵，而且又被卡亞的飢餓之舞搞得迷迷糊糊，這一切都是你跟猴群玩耍造成的。」

「也是啦，」毛克利難過的說，「我是個壞小孩。」

「跳到我背上，小老弟，我們回家了。」巴西拉說。於是，毛克利把頭枕到巴西拉背上，香甜的睡死過去，連他被帶回狼穴，放到狼媽媽身邊時，都沒醒來。

歌曲　猴群開路歌

衝啊，爬樹去，
　挨近天空，沒人能瞧得見！
你可羨慕我們的本領？
　可希望跟我們一樣？
想不想要一條長長的尾巴？
　和矯健強壯的腿？
你生氣啦？可是——唉呀算了！
　猴兒就是這樣！

我們排排坐在枝上，
　想著所知的一切。
夢想著想做的事——
　而且只花了一分鐘！
那些高尚、勇敢、善良的事，
　想像自己能夠做到。
現在我們就去——唉呀算了！
　猴兒就是這樣！

所有我們聽過的談話
蝙蝠的，野獸的或鳥兒的——
那些長著獸皮、絨毛、羽毛的——
　一起快快齊聲大喊！
太棒了！幹的好！再一次！
現在我們像人類一樣的談著。
假裝我們就是——唉呀算了！
　猴兒就是這樣！

我們在林間穿盪，跟我們一起跳吧，
在高高的綠頂上，那裡野葡萄懸晃。
我們搖撼樹林，發出鬧聲，
一定能幹出點豐功偉業！

3

老虎謝克汗！

　　我們得回到第一篇故事，回到毛克利在評議石跟狼群爭鬥後，離開狼窩的那一刻。毛克利衝下山，經過村莊，繼續跑了將近二十英哩，最後來到另一個小村莊，附近有牛群和水牛在吃草。

　　一群牧童看到毛克利時，高嚷著逃開了。毛克利跟隨他們來到村口，至少有上百個人聚在這裡，每個人都目不轉睛、大聲說話的指著毛克利。

　　「沒啥好怕的，」其中一人說，「瞧他臂上和腿上的疤痕，那是狼咬的，他是個從叢林逃出來的狼孩。」

　　「可憐的孩子！」一名婦人說，「他看起來有點像那個被老虎抓走的男孩。」

　　「他看起來確實像我兒子。」另一名盯著毛克利的婦人說。

　　「現在這狀況，跟我當初加入狼群挺像啊！」毛克利心想，「呃，如果我是人類，就得設法跟他們一樣。」

毛克利跟隨婦人回到她的小屋，沿途群眾紛紛讓路。婦人給毛克利一些牛奶和麵包，她把手放在毛克利頭上，凝視他的眼眸。

「你真的很像我兒子，你就當我的孩子吧。」

毛克利很不自在，他從不曾住在屋頂下，但他知道，自己隨時可以跑走。

最後，毛克利告訴自己，「如果無法了解別人，當人又有什麼好處？現在的我，就跟闖進叢林的人類一樣愚蠢。我必須學會他們的語言。」

毛克利已學會模仿叢林裡所有動物的聲音了，因此人類的語言對他來說易如反掌。天黑前，他便學會小屋裡很多物品的名稱，但他並不想睡在屋裡。

毛克利跑到田野邊緣，在一片清爽的長草地上伸懶腰的時候，有個柔軟的灰色鼻子，聞著他的頭髮。

「你聞起來已經有人類的味道了。」他的灰狼大哥説，「起床啦，小子！我有消息要告訴你。」

「叢林裡大家都好嗎？」毛克利抱住灰狼大哥。

「謝克汗離開了，他説等他一回來，就要宰掉你。」

「我也做過同樣的保證，灰狼大哥。我今晚累了，你能再回來傳消息嗎？」

「沒問題。可是，你不會忘記你是一匹狼吧？」灰狼大哥焦急的問。

「絕不會忘，我會永遠記得我愛你，以及我們狼穴裡的每一分子，但我也絕對不會忘記趕我走的那群狼。」

「你也有可能被人群趕走。我會很快再給你捎來消息。」

那晚之後三個月，毛克利都沒離開過村子。他忙著學習人類的事物，他得穿上討厭的衣服，學習有關金錢和務農的事。他覺得，那些事情根本毫無意義。

在叢林裡，毛克利跟野獸比起來相對瘦弱。可是在人類的村莊，大家都説他壯得跟牛似的，他們決定盡快讓毛克利開始工作。

村長叫毛克利第二天趕水牛去吃草，毛克利聽了高興不已。那天晚上，他加入村民的聚會，村民每晚都聚在一棵無花果大樹下的臺子上。臺子底下有個洞，洞裡住了條眼鏡蛇，他們每天晚上都會給蛇留一小盤牛奶，以示尊敬。他們說著奇妙的故事，大部分都與叢林有關，因為叢林與他們的家實在太近了。

他們會說關於鹿和偷挖他們食物的野豬的故事，偶爾也會講到老虎在黃昏時，從離村子口不會太遠的地方，擄走一個人類。有位老獵人的故事最為精采，孩子們聽他講故事時，眼睛會愈瞪愈大。村民講故事時，猴群則會坐在大樹上層的樹枝上聊天。

聽到獵人接二連三的故事，毛克利必須摀住臉，才能遮住笑聲，和克制笑到忍不住抖動的肩膀。獵人說，有個老人的怨靈，控制了把毛克利擄走的那頭老虎。

「我知道是真的，」獵人說，「因為那頭老虎跟老人以前一樣，都跛著腳，我從他的足跡上就可以判斷出來了。」

「沒錯，沒錯。」老人們點頭說。

「胡扯！」毛克利反駁，「大家都知道老虎的跛足是天生的。」

　　獵人驚訝得一時說不出話來，接著回嗆說：「叢林小子，你若是那麼聰明，就帶我們去老虎的藏穴，否則大人說話別亂插嘴。」

　　毛克利站了起來。「我坐在這裡聽了一整晚，」他回頭朝肩後說，「關於叢林的事，你說的幾乎沒有一個字是對的。」

　　黎明時，毛克利騎在大公牛洛瑪的背上，穿越村子。他叫村裡的男孩們去放牛，自己則帶著水牛群繼續前行，把牛趕到平原邊陲，自己跑去找灰狼大哥。

「我在這裡等好幾天了。」灰狼大哥說,「你幹嘛牧牛?」

「我現在是村子裡的牧童了。」毛克利問,「謝克汗那邊有什麼情況?」

「他跑回來等你,不過又離開了。」

「很好。」毛克利說著,便躺到陰涼處小睡,水牛群在他四周吃草,接著,一隻隻鑽進泥巴裡,只把鼻子眼睛露在外面,然後像狗似的躺在烈陽下。一隻飛鳶從頭頂上呼嘯掠過,一瞥即逝。毛克利知道萬一自己死了,便會有一票不知從何而來的鳶鳥飛聚過來,把他給吃了。漫漫長日似無止盡,但夜晚終於還是降臨了。孩子們大聲喊叫,水牛群從黏呼呼的泥地裡起身,越過平原,返回燈火閃動的村子裡。

　　日復一日，毛克利帶著水牛群到他們的泥坑。當他看到灰狼大哥的背，出現在平原再過去一英里半的地方，便會知道謝克汗還沒回來。日復一日，毛克利躺在草地上聆聽周遭的鬧聲，幻想叢林裡的舊日時光。

　　有一天，毛克利沒見到灰狼大哥，他便知道謝克汗就在附近。毛克利揚聲高笑，把水牛趕到山谷。灰狼大哥豎直了背上每根汗毛，等候毛克利的到來。

　　「謝克汗已經躲藏一個月了，等著趁你不備時攻擊你。他昨天晚上帶著豺狼塔巴奇越過群山，循著你的行跡跑來了。」灰狼氣喘吁吁的說。

　　「我倒不怕謝克汗，」毛克利皺起眉頭說，「可是塔巴奇非常狡猾。」

　　「別擔心，」灰狼大哥輕輕舔嘴說，「我在黎明時遇到塔巴奇，他現在成了飛鳶的大餐了。不過，塔巴奇在被我擰斷背部之前，把一切都告訴我了。謝克汗跟蹤你，打算今晚在村子口等你，他現在就躲在山谷裡。」

　　「謝克汗今天吃東西了嗎？」毛克利問。對他而言，答案攸關生死。

　　「他在黎明時宰了一頭豬，還暢飲一番。別忘了，謝克汗從不禁食忌口，即使是要復仇。」

「而且他以為，我會等他睡完覺！水牛群只有在聞到老虎的氣味時，才會衝撞攻擊，但我又不會說水牛話。我們可以繞到謝克汗的後方，讓水牛聞到他的氣味嗎？」

「謝克汗沿河游了很長一段距離，隱去自己的氣味。」灰狼大哥說。

「一定是塔巴奇教他的，謝克汗自己絕對想不出這種招數。」毛克利說。他站著，邊咬手指邊思索。

「離這裡不到半英里的地方，就是山谷拓成平原的開口處，我可以帶牛群繞過叢林，到山谷源頭，從那邊突襲。我們必須把另一頭擋住。灰狼大哥，你能把牛群分成兩組嗎？」

「有人幫忙或許能辦得到。」灰狼大哥說。

這時有一大顆灰色的頭，突然從長草中揚起，毛克利覺得非常眼熟。正午時，悶熱的空氣中，傳來全世界最孤寂的叫聲——一匹狼的獵嚎聲。

「阿克拉！」毛克利拍著手說，「我就知道你不會忘記我，我們有事要辦！我們得把牛群分成兩隊，你能讓母牛跟小牛待在一起，並把公牛趕成一群嗎？」

兩匹狼開始奔跑，在牛群之間穿梭，牛群哼哼呼呼的仰抬著頭，漸漸分

成兩群。母牛站成一群，將她們的小牛圍在中間，她們怒目瞪瞪，一邊跺著蹄子，準備等兩匹狼一站定，就衝過去踩死他們。另一群公牛也噴著氣，用力跺腳，雖然他們看起來更嚇人，但是危險性較低，因為他們沒有小牛要保護。

人類就無法如此快速伶俐的將牛群分開。

「阿克拉，把公牛群趕到山谷頂端。」毛克利說著就爬到大公牛洛瑪背上。「灰狼大哥，你把母牛趕到山谷底處。」

忿怒的公牛群快速奔馳，揚起漫天飛灰，惹得孩子們衝回村子，高喊牛群發瘋跑掉啦！

毛克利的計畫很簡單，他想把謝克汗圍困在公牛和母牛群之間。毛克利知道謝克汗在飽餐之後，沒辦法打鬥或爬上山谷的兩側。

等公牛群就定位後，毛克利俯望山谷兩側，那種坡度，老虎根本不可能爬得上去。他用手圈住嘴——

「謝克汗，」毛克利大喊，「你被困住了。」

良久之後，老虎以飽食睏頓的低吼回應。

「是誰？」謝克汗問。

「是毛克利！」毛克利的回聲在岩石間彈跳。「把公牛趕下去，阿克拉！」他大吼著，踢了洛瑪的腹側。牛群停頓了一秒鐘，然後往前急奔。接著，洛瑪聞到了謝克汗的氣味，哞哞的發出戰吼。

謝克汗聽到如雷的蹄聲，站了起來，笨拙的走下山谷，尋找能逃走的路徑。可是，他根本無路可逃。公牛群從他後方奔馳而來，母牛則在山谷底處回應他們。毛克利看到謝克汗扭身迎向公牛群——他寧可面對公牛，也不想迎戰母牛和小牛。接著，洛瑪腳下一絆，踉蹌幾步，踩過某個柔軟的東西，公牛群緊跟在他腳邊，然後兩群牛匯集，一起衝出谷地。毛克利等候牛群漸漸平靜下來，才從洛瑪頸上滑下。

「都結束了。」他說。

謝克汗已死於洛瑪的蹄下了。

飛鳶已準備過來飽食謝克汗的屍體。

「兄弟們，那種死法實在太可怕了。」毛克利說著，一邊則摸向自己與人類同住後，隨身掛在脖子上的刀。「可是，謝克汗從來不肯正大光明的對打。我該把他的獸皮帶去評議石了，我們得動作快。」

一般村童，連作夢都不敢想能獨力扒下一頭十英呎大的老虎皮，但毛克

利比任何人都了解如何剝獸皮。那是件苦差事。一個小時後，有人搭住他的肩膀，是村裡的獵人。他聽到孩子們回村裡報告牛群狂奔的消息後，便衝出村子，想處罰毛克利沒看好牛。

「你在幹什麼？」他吼道，「你不能剝老虎皮！我來，這張虎皮能為我賺錢！」

「不行！」毛克利說，「這張虎皮我得留著用，滾開！」

「你竟敢那樣跟我說話！把老虎給我，你這臭小子！」

「阿克拉，」毛克利說，「這老頭子一直煩我。」

一瞬間，獵人發現自己平躺在草地上，身上站著一匹灰狼。毛克利繼續扒謝克汗的皮。

「聽好了，」毛克利咬牙說，「這頭老虎跟我有仇——而我贏了。」

獵人若是年輕十歲，肯定會冒險與阿克拉一搏。可是，一匹狼肯聽命於一個跟殺人虎有過結的男孩，必定非比尋常，獵人只得躺定不動。

「偉大的國王！」他終於啞著嗓子小聲說。

「什麼事？」毛克利頭也不回，輕聲咯咯一笑。

「我是個老頭子。」獵人最後說，「我有眼不識泰山，以為您僅僅只是

個牧童。請饒我一命，放我走吧！」

「讓他走，阿克拉。」毛克利說。獵人跟蹌著匆匆返回村子，一路回頭張望，唯恐毛克利改變心意，發生慘劇。

毛克利繼續工作，等他和狼兄弟把謝克汗美麗明豔的毛皮完全剝下，已近黃昏。

「我們現在得把這張毛皮藏起來，先趕牛群回去！幫我趕牛吧，阿克拉。」

他們在霧濛濛的暮光中將牛群圈起來。接近村子時，毛克利看到燈火，聽到號角聲和敲鈴聲，村子口似乎有一大群村民在等候他。

「是因為我宰掉了謝克汗。」毛克利告訴自己。可是，等他靠得更近，一陣石雨從他耳邊擦過，只聽到村民大聲嚷嚷著：「狼小子！叢林的惡鬼！滾開！」

「這些人類兄弟要趕你走了，就像之前的狼群。」阿克拉說。

「又來了？」毛克利說，「上次因為我是人類，現在又因為我是狼。我們走，阿克拉。」

照顧毛克利的婦人哭喊說：「我的兒呀！他們說，你會把自己變成一頭

野獸，我不相信。可是，如今你必須離開，否則他們會殺了你。」

「這就是黃昏時，他們在大樹下講的蠢故事之一，村媽媽，」毛克利答道，「再見了！」接著，牛群衝過村子口，將人群衝散，毛克利轉身跟著阿克拉離開。他抬眼望著星空，覺得舒快無比。

毛克利和兩匹狼來到狼媽媽所在的狼穴時，月亮已經下山了。

「人類把我趕出來了，媽媽，」毛克利大喊，「不過我取下謝克汗的毛皮了。」

狼媽媽看到虎皮時，眼睛都亮了。

「我早就說過，總有一天，你會宰了他。幹得好。」

「是啊，小兄弟，幹得好。」有個低沉的聲音說，「你不在，我們覺得好寂寞。」說話的是巴西拉。

大夥一起攀上評議石，毛克利把虎皮攤在平整的石頭上。接著，毛克利想到一首曲子，便唱了起來，一邊在虎皮上跳來跳去，直到喘不過氣，而灰狼大哥和阿克拉則不時嚎叫應和。

「人群和狼群都趕我走。」毛克利說，「那麼，我就自己一個人在叢林裡狩獵吧。」

「我們會陪你一起。」他的四隻小狼兄弟說。於是從那日起，毛克利便隨著四匹幼狼，一起在叢林裡打獵。

♪ 歌曲 毛克利之歌

我來唱首毛克利之歌——這是我自己的歌！
讓叢林知道我長大多少。
謝克汗說要宰掉人孩毛克利！

他吃飯喝水睡覺——而且還夢到我。
謝克汗，你何時能再吃飯喝水呀？
你好好的睡，但莫夢見殺害人類。

如今我獨自在牧草地上。
灰狼大哥，到我這兒來！縱吧、跳吧！
來吧，阿克拉！這裡有很棒的獵物。
把牛群帶上來——他們並不害怕。
按照我的話四處驅趕他們。

醒來啊，謝克汗！我要來找你了！
水牛之王踩著蹄子，
謝克汗尚未動彈，便已被團團圍住！
謝克汗想逃時都怎麼做？
樹上倒掛許多蝙蝠，
箭豬伊奇鑽了出去，
孔雀阿莫嘎嘎叫著飛走了。

但可憐的老謝克汗沒處去，

牛群低垂著頭，

然後，我便看見他倒在洛瑪的腳下了。

啊，他最後一次睡去，再也不會醒來！

飛鳶降下，在他頭邊環飛，

黑蟻爬上去瞧他是否死透。

許多動物跑來看我幹了什麼，

我在烈日下扒去謝克汗的皮。

飛鳶等著享用大餐，

既然我贏了，就把你的毛皮借給我吧，老野獸！

把你的毛皮借我，讓我拿去給我的同族看。

我曾答應帶回你的毛皮。

我拿刀剝下謝克汗最終的禮物。
我舉著的，是謝克汗的沉厚毛皮！
可是人類不喜歡所見的景象，
他們先是大聲喊叫，接著朝我扔石子。
我扭身奔逃，救自己一命，
手裡拿著謝克汗的毛皮和自己的獵刀。

兩位狼兄弟陪我在暑熱的夜裡奔跑，
離開村子的燈火，朝月光奔去。
人類不要和我做朋友，狼群最後逼我離去。
叢林和村子都排斥我。為什麼？
天空中有很多半獸半鳥的動物，
而我卻在人類與叢林之間擺盪。
為什麼？

身處叢林，令我心情清朗，
可是我的心開始天人交戰。
我雖擁有謝克汗的毛皮，卻覺得悲傷
因為現在村人把我當成壞人。
我眼中滑下淚來，淚珠落地時，我哈哈笑了。
我是兩個毛克利，我手裡握著這把刀，
心中滿是我無法理解的事物。